2015
좋은 시조

2015 좋은 시조

—

초판 1쇄 2015년 2월 16일
엮은이 김영재 · 김일연 · 정용국
펴낸이 김영재
펴낸곳 책만드는집

—

주소   서울 마포구 양화로3길 99 4층 (121-887)
전화   3142-1585 · 6
팩스   336-8908
전자우편 chaekjip@naver.com
출판등록 1994년 1월 13일 제10-927호

—

* 잘못 만들어진 책은 구입하신 서점에서 교환해드립니다.

—

ISBN 978-89-7944-518-3 (03810)

—

이 도서의 국립중앙도서관 출판사도서목록(CIP)은 e-CIP
홈페이지(http://www.nl.go.kr/cip.php)에서 이용하실 수 있습니다.
(CIP제어번호 : CIP2015002483)

2015

한국작가회의
시조분과가 선정한

좋은 시조

김영재 · 김일연
정용국 엮음

책만드는집

엄동을 견딘 꽃나무처럼

　해마다 '좋은 시조'로 추천되는 작품 편수가 조금씩 늘어나고 있다. 많은 분들의 노력으로 시조 시인의 저변도 확대되고 있고 그에 부응하여 발표되는 지면도 늘어나고 있기 때문인 것으로 보인다. 이 상승 곡선은 바야흐로 시조의 중흥기가 도래하고 있는 증좌로 받아들여도 무방할 것 같다.

　작년 한 해, 관념의 돌출이 생경한 작품이 없던 것은 아니지만은 누가 봐도 손색없는, 잔잔한 감동을 동반한 작품들이 많이 발표되어 질적으로도 향상된 모습을 보이고 있는 것이 확연하였다.

　팔리지도 않는 시집을 내며 원고료도 없는 작품을 오로지 우리 시조 사랑의 마음 하나로 불면의 밤을 지새우며 창작해주신 시조 시인 모든 분께 엎드려 절을 드린다.

　더불어 '2014년 월간 · 계간 문예지 및 동인지에 발표된 좋은 시조

15편'을 한 편 한 편 찾아내어 정성스럽게 추천해주신 작가회의 시조분과 회원님들 한 분 한 분께도 곡진한 감사의 말씀을 올린다.

　재능의 다른 이름은 집중력이라고 한다. 보드라운 여린 움은 최고의 집중력으로 겨울나무의 두꺼운 수피를 뚫고 세상으로 나오고 그보다 더 여린 싹은 무거운 흙덩이를 들추고 고개를 든다. 올봄에는 그 생명의 힘을 더 새롭게 더 벅차게 느껴보시자.
　혹독한 엄동을 견딘 꽃나무의 꽃들이 곧 폭죽처럼 터질 것이다. 시도 그처럼 언어에 생명을 불어넣는 일이다. 올 한 해도 시조의 꽃송이를 활짝 피워내는 소름 돋는 희열의 순간을 흠뻑 가지시길 바라며 내년에는 더욱 많은 좋은 작품들을 만나 뵙기를 소망한다.

−2015년 1월
한국작가회의 시조분과 위원장 김일연

5

| 차례 |

빈 낚시

강문신

눈바람 새섬에는 새소리 기척도 없다
걷다 보니, 먼 바위 끝 돌처럼 앉은 사람
누군가? 이 새벽 혼자 저토록 무아지경

"잡혀요?" 안 들리는지 조는지 꿈쩍 않네
입질 한 번 없는 적막의 이 시베리아
이런 날 어찌 저러나 청승도 참 이런 날

무엇을…… 놓친 걸까? 젊음의 난바다에
무시로 파닥거렸을, 끝내 그 빈 낚시를
돌아와 돌아보는가 잔기침도 밭은 이

–《유심》 4월호

테라노바* 1
−마나슬루

강병천

1
눈뜨라
흰 가면 쓴 가루다** 가루다

   깨질 듯 섬뜩한 크리스탈빛 하늘 지구 천장 울리는 돌개바람, 돌개바람 마나슬루 쌍봉 만년설 날려 새털구름 띄운다 유년의 다섯 용사 반백 년 벼른 언약의 땅을 오른다

   저 구름 이 세상 어디에 머물다 새 세상 어디로 떠나는가

2
로가온*** 끝없는 밀밭 길 돌담 건너 풍장 터엔

   불타올라 하늘을 나는 영혼들과 그을린 뼈다귀 들추는 들개와 타다 남은 인육人肉을 쪼는 까마귀와 녹초 되어 등걸잠에 빠진 동무 함께 어울려

   한 장면 한 실재가 보인다 여신이 임하시는 나라

14

3
산기슭 초르텐**** 오가는 생명 다독이나

삶과 주검과 영혼이 한 시공 한 찰나를 난다 저 영혼들 날아가는
장막 건너는 어디인가 우리 찾아가는 새 세상의 시작은 어느 고개
어디로 넘어가나

오방색 깃발 두르고 머리 푼 보리수여

–《유심》 9월호

* Terra Nova : '언약의 땅'이란 뜻의 라틴어.
** Garuda : 천상과 지상을 나는 신조神鳥. 비슈누 여신의 아바타.
*** Lhogaon : 마나슬루(8163m, '영혼의 땅'이란 뜻의 산스크리트어) 베이스캠프 초입
　마을.
**** Chorten : 히말라야 불탑.

입동立冬 부근

강인순

광평 소머리국밥집 맑은 햇살 따스하다

때 이른 점심을 먹다 창밖을 본다

빈 뜨락 내리는 참새 부리 짓이 바쁘다

주섬주섬 옷 챙겨 자리를 일어나면

먹었던 뜨건 국물 땀으로 솟는 한 끼

또 한 해 건너는 길목 모두 바쁜 초겨울

－《시조미학》 하반기호

별리

강정숙

하늘 이리 맑은 날은 무슨 소식이 올 것 같아
강둑의 젖은 억새도 머리 낭창 세우고
햇살에 씻긴 강물은 가르마가 하얗다

바람결에 부쳐 온 난독의 문장 한 줄
먼 그대 외진 마음 다 읽을 수 없어서
수척한 가을 전언만 홀로 받아 적는다

은빛 날개를 접고 수면을 오래 보는
중백로 긴 목덜미가 전생처럼 서러운 날
여기에 없는 당신을 가만 불러 보듬는다

–《불교문예》 봄호

판화

강지원

지퍼를 여는
오전 10시
회전문 돌아간다

짝퉁 같은 봄날을 파는
백화점 할인 행사

긁는다
무이자 할부
찍는다
쇼핑 홀릭

-《열린시학》 가을호

산다는 의미

고현숙

어릴 때 만난 나무 청청히 높았거늘

오늘 와 다시 보니 저리도 늙어 있다

산다는 의미마저도 찾아보기 어렵네.

-《시조문학》봄호

차라리 붓을 내리고

고정국

건성건성 지나쳐도
한 치 어긋남이 없는

휘파람새 목소리가
詩보다도
더
고운 날

차라리 붓을 내리고
오월 숲에
들꺼나.

－《문학춘추》 가을호

하산

공영해

소일을
산에 부린
평상복의 꽃구경도

능소화
지는 멀미
앓고 있는
뼈울음도

돌부리
피하지 못해
절며 절며
가는 길

−《한국동서문학》 가을호

보통 도사

구중서

노자 장자 얘기하며 통도사 가는 길에
후배가 묻는다 선배는 무슨 도사
나는야 보통 도사다 더 할 말이 있는가

무위자연 반대말은 작위인 것이고
작위는 꾸미는 것 조작을 뜻하거니
거짓말, 없이 살아도 보통 도사 아닌가

–《문학청춘》 겨울호

다듬이 소리*
－발해를 찾아서

권갑하

어둠 깊어갈수록 별빛 더욱 반짝이듯
독한 술처럼 향기를 몸속에 깊이 감춘
묻히고 또 지워져도 깨어나는 저 소리

오늘 이 아픔이야 섬광처럼 사라지지만
벗겨도 드러나지 않는 발해의 붉은 맨살
끊어진 혈맥을 돌며 뜨겁게 사무친다

그 울림 또 얼마나 애절한 그리움이랴
겹겹 적막을 가르며 풀잎처럼 곧추서는
이국땅 모퉁이에서 잠 못 드는 저 소리

－《열린시학》 여름호

---

* 발해는 일본과 47차례 사신을 교환했다. 발해 사신의 시 11수가 일본 문적에 남
아 전하는데, 759년 양태사楊泰師의 시 「밤에 다듬이 소리를 들으며夜聽擣衣聲」
는 칙찬삼집勅撰三集의 하나인 『경국집經國集』(827)에 올랐다.

물소리

권도중

호湖에는 소식 끊긴 잠수된 여자들이
강江에는 목이 마른 잠수 탄 사내들이
집 나간 휴식이 되어 끊어진 잠에 있다

못 보내 보내고서 누워 풀린 허리가
잊혀짐 편안함에 물소리로 발화되고
부리를 씻던 소리는 시간으로 씻긴다

물에 풀린 한 자루 칼, 동떨어진 물속 집안集眼
갈앉아 거울이 된 용서 같은 물의 궁전
비로소 그대 잠 속을 물소리가 듣는다

−《시조시학》 가을호

브레이크 밟고 싶다

권영희

황국이 피는 마당 쏟아지던 그 별빛
온통 내 차지였던 어린 날은 흘러가고
젖 먹던 힘까지 쏟아도
주연의 꿈 밀려가고

열정에 들뜨던 날들 무릎을 꿇던 날들
암초도 더러 숨은 내 마흔의 바다
제어도 가속도 없이
여기 이르렀다

한때 눈이 부신 아름다운 청춘들이
기어는 중립이어도 내리막인 듯 달리는 길
아 그만 나도 모르게
뒤꿈치에 힘이 간다

–《현대시학》 4월호

귀

권혁모

모른 체 넘어갈 걸 또 건드리고 말았다
하찮은 생채기에도 상처받은 귓속을

미워도 미워하지 않으며
사랑으로 닦는다

달팽이관 어디쯤에 둥지 튼 그리움이 있어
한쪽이 불편하면 다른 쪽도 따라 불편한

서로가 그리며 살아
사뭇 아픈 관계여.

-《개화》

반가사유상

김강호

빛 한 줄기 일지 않는
사유의 긴 강에서
적막한 푸르스름 숨결 도는 섣달 밤
죽은 듯 살아 숨 쉬는 나는 지금 무엇인가

탐욕이 파도로 일어 밤낮없이 몰아치는
질긴 어둠 덩굴이 휘어 감은 세상인데
내 어이 눈을 감고서 못 본 듯이 살아갈까

천여 년 닫혀 있던 침묵의 빗장 열며
매서운 눈을 뜨고 들어서는 실루엣 길
달빛에 젖은 납월매가
슬프도록 고와라

–《시조시학》 여름호

목련꽃 지는 날

김교한

지고 싶어 지는 꽃이
어디에 있겠는가
가신 봄 데려다 놓고
제 먼저 길 떠나니
바람도 어지러이 불어
상처만 내고 있다

-《시조문학》봄호

밤을 향한 체위

김남규

당신의 다리 위에 내 다리를 올려본다
당신은 깨지 않고 그림자를 당겨 덮는다
나 혼자
깨어 있는 이불 밖
뒤엉키는 정적靜寂들

당신의 콧가에 손등을 대본다
당신은 깨지 않고 어제와 등 돌린다
나 혼자
말을 이어본다
창밖이 나를 본다

당신의 잠 속에 내 잠을 밀어 넣는다
당신은 깨어나고 나는 잠든, 척한다
나 혼자
상상하는 자세로
쏟아지는 의문들

─《유심》 1월호

요양원 일기

김덕남

거울 속 분칠하는 한 여자가 그를 본다
웃자란 눈썹 자르다 송두리째 파낸 기억
흐릿한 눈동자에 갇힌, 새 한 마리 파닥인다

외계인이 찾아왔나, 어느 별을 헤맸더냐
눈시울에 얹혀 있는 낯선 자식 바라보다
기억 속 창밖을 향해 더듬더듬 읊는다

꽃신을 신던 발이 자꾸만 재촉한다
뒷산의 뻐꾹새가 저리 운 지 오래라고
철침대 난간을 잡고 허물 벗는 꿈을 꾼다

−《서정과현실》 상반기호

퇴적의 징후

김동인

모래의 무덤이 된 반쪽 허문 반쪽 허리
멋모르고 쌓아둔 게 아무래도 문제였다
삼각주 어귀쯤에서 뼈마디를 추스를 듯

저무는 하류의 강, 물도 뼈를 갈아대고
마취가 풀리면서 더디 오는 오후 한때
멀쩡한 발품을 팔아 퇴각로를 찾는다

구부려도 닿지 않는 팽팽한 수평선에
너나없이 따라 나온 무통의 잔별들이
기우뚱 걸어왔던 길 오래도록 비춘다

–《시조시학》 가을호

사각지대

김미정

숨어서 날 수 있을까
강파른 벼루에서

부러진 날갯죽지 곤두박인 삶을 딛고

고시원
비상구 계단
흐린 불빛에 이끌려

우거진 빌딩 숲 속
한 평 섬에 갇혀

가도 가도 물거품 헛손질만 거듭하는

환승을
꿈꾸는 통로
새 한 마리 깃을 턴다

−《유심》 5월호

낙타

김민정

겨운 삶 등에 지고 모래밭을 타박이며
얼마나 느린 발길로 너는 걸어왔을까
시간은 모래바람 속, 온 길이 다 묻힌다

너를 통해 흘러왔을 나의 강을 바라보며
뜨거운 고도 향해 휘파람을 불어가며
혹처럼 굽은 생애가 신기루로 흐른다

그 오랜 어둠을 깨며 멀어지는 밤 같은
한 생애 푸른 비단을 펼쳐놓은 저 달빛
속눈썹 짙게 젖어든 외로운 등이 흰다

─《시조시학》 여름호

수다

김보람

입안을 두드리는 느닷없는 폭우

격랑을 일으키며 밀려드는 말들

입속에 뛰어들어서 우산을 펼친다

질척이는 입속은 검은 활자뿐이다

물은 불어 오르고 사다리는 자라고

홍수가 시작되어도 폭우 멎지 않는다

물길 넘쳐나고 속절없이 잠기는데

숨길조차 막혀서 목을 길게 빼 든다

말들이 말 피워 올려 말 열고 말 돋군다

―《시조매거진》 하반기호

주酒
−파자破字 27

김복근

닭酉이 물氵 마시듯
술은 배신하지 마라

비아버린 술잔에 한숨이 차오르모
술에게 술을 권하며 오관이 벌게질 끼다

나는 내 말을 하고 시퍼 술을 마시고
술은 지 말을 하기 위해 나를 마신다
그라모 술도 취하고 나도 취할 끼다

술이 나를 마시다가 두 손을 잡아주모
허풍시이 같은 나는 눈물을 펑펑 쏟고

세상은 또 맘대로 취해
비틀거리며 걸어갈 끼다

−《시조21》 겨울호

묵언默言의 힘

김삼환

표지 낡은 계간지에 눈길 가는 어느 서가

꽉 다문 그 입술로
무슨 말을 삼키는지

빛바랜 사진 한 장이
가부좌를 틀고 있다

한 세대가 지나도록 크게 뜬 눈 그대로

오른손을 들고 있는
저 묵언의 힘을 보라

밟히고 밟혀도 다시
소리치라 소리치듯!

―《시산맥》 여름호

UFO를 먹다가

김샴

산골 얼음 어는 골 빨간 사과 한 알

별, 별들이 익어가는 깊고 추운 밤

홍옥은 제 몸 끓이며 태양계를 건넌다.

나에게 이 우주는 무한의 사과밭

고통 없이 타는 살별 붙박이별 어디 있는가

은하계 유에프오 툭!, 불시착한 자정에.

시인이 시를 쓰다 불현듯 헛허기에

낙과 하나 주워 들고 아싹 베어 문 자리

비행선 타고 오신 손님 사과벌레 만난다.

－《시조시학》 봄호

일곱 빛깔

김선화

어머니는 혼신을 다해 그릇을 만드셨다
그중 하나는 별이 되어 우리를 지켜주고
나머지 여섯 그릇은
덧칠을 하고 있다

금이 간 그릇은 자꾸 눈물을 쏟고
잘 닦인 그릇은 반짝, 주위를 밝혀준다
명절엔 제 빛으로 서로
벌어진 틈을 메운다

－《문학사상》 6월호

숲에 관한 기억

김선희

들레는 맘 펼쳐보려 찾아든 고향의 숲
앉은뱅이 풀잎까지 눈길을 잡아끌고
잘잘못 덮어두라며 나를 가만 앉힌다

어릴 적 숨바꼭질 꺼벙머리 숨어 있나
숨죽이며 기다리던 갈바람의 꽁무니 끝
따끔한 첫사랑 흔적 밤송이로 떨어진다

놀빛이 불어대는 한 아름 비눗방울
손등을 호호 불며 느껴보는 수줍은 촉감
천지에 풀어놓으신 가을이 다 물든다

−《시조시학》 봄호

가을 한 점

김세환

가진 것 다 내주고도
언제나
타는 목마름

서둘러 떠나가는
또 다른 서툰 변명

힘겨운
연緣의 끝자락에
바람이 그린
단청丹靑.

-《시조21》 겨울호

얼음 세포

김소해

나무가 겨울 나는 곳 그 곁에 가보리라
이른 봄 가뭄에도 싹 트는 숨은 비결
수피에 얼음 세포를
껴안아야 한다는데

누구 삶이 저토록 얼음덩이 시린 날일까
죄다 벼린 빈손으로 메마른 그런 날도
얼음길 바람막이 되던
아버지를 닮았다

얼음도 무거운 얼음 숨겨둔 자리마다
기다리면 녹으리라 녹아서 수액으로
잎눈들 싹을 틔울 때
봄볕 내려 박수 친다

－《서정과현실》상반기호

스무 살

김숙현

사랑아
첫사랑아
불온한 입맞춤아

8차선 도로 복판
중앙선을 따라 걷던

술 취한
여름밤들아
장대비야
이별아

-《나래시조》 여름호

아침 이미지
-꿈꾸는 정원

김연동

햇살이 노란 부리로 어둠 끝을 톡톡 쫀다

부서져 깨어나는 금빛 싸라기들

일순간 새 떼가 날고 환한 꽃이 핀다

푸른 물 숲도 깨어 가진 것 다 내놓고

수풀 속 정령들이 은결처럼 달려 나와

바람길 거칠어지는 마음눈도 열어준다

다툼이 일상이 된 등 시린 포도鋪道 위에

무서운 꿈을 꾸다 소름 돋는 가슴에도

눈부신 하늘이 내려 결 고운 손을 편다

-《불교문예》 여름호

봄꽃들의 출사표

김영기

매화 이어
목련 피니
덩달아 개나리가

벗꽃에
복사꽃이
늦깎이 동백꽃도

동시에
앞다퉈 튄다
선거 바람 불더니.

－《나래시조》 가을호

삽시揷匙*

김영란

제주섬 바람 소리엔 뼈 맞추는 소리가 난다 일어나 아우성치는 이백육** 마디마디

사월의 제단 앞에선 산목숨이 죄만 같아

애비 아들 보내는 날 가슴 치며 울던 바다 육십 년 만에 찾아온 육신 젓갈 삭듯 녹아내려 생살점 떼어내듯이 봄꽃 벌써 지려 하네

머리 하나에 팔다리 맞춰는 놓았다만 내 남편 내 아들 맞기는 한 것이냐

어디다 하소를 할까 혼절했던 시간들

앞서거니 뒤서거니 절뚝이는 저승길 열두 대문 휘이휘이 고이 넘어 가시라

어머니, 고운 멧밥에

떨며 꽂는

숟가락

-《시조시학》 여름호

* 제사 때에 숟가락 팬 곳을 동쪽으로 하고 숟가락을 메에 꽂는 것.
** 인체 뼈의 수.

히말라야 짐꾼

김영재

제 몸의 무게보다

큰 짐을 지고 가는

네팔 친구 할리는

아이가 다섯이다

하루에 일만 원 벌어

다섯 아이 지고 간다

－《현대시학》 9월호

포스트잇*

김영주

은근하게 붙었다가 은근하게 떨어지는
실패가 역작이 된 반전의 그 쓰일 모
불 꺼진 모니터 위에 삐뚜름히 붙어 있다

하루치 일과로든 기억의 파편으로든
단 한 번 쓰였다가 미련 없이 버려지는
만나고 헤어짐 사이 화끈하고 쿨하다

이름 없이 왔다가
이름 없이 가는 이여
스쳐 지날 뿐이라고 함부로 몸 굴렸을까
소리쳐
나부끼지 않아도
깃발이다
빛나는!

–《시조매거진》 하반기호

* 3M사의 스펜서 실버가 만든 실패한 본드로부터 시작돼 '접착제가 붙은 메모지'
  라는 역작이 되었다.

봄이 오는 길목

김영한

입춘이 코앞인데 흰 눈에 발목 뺐다

유난히 춥던 겨울 용케도 버텼는데

잔잔한 비선나무 꽃 동구 밖에 섰구나.

–《시조문학》 봄호

공평한 하루

김원각

밤 깊자 아파트 불빛 하나둘 꺼져간다

특별한 재주 없어 세월만 보낸 나에게도

똑같이 문 닫는 하루

그것이 고마웠다

−《개화》

무위자연 無爲自然

김월준

봄, 봄, 봄
봄은 봄대로

여름은
여름대로

가을은
가을대로

겨울은
겨울대로

사계절
있는 그대로

즐기면서
사는 너

－《시조시학》 봄호

가을 저수지

김윤숙

그 누가 저 땅에 물을 가둬놓았나
제방 위 빙빙 돌다 멀어진 고추잠자리
둑 아래 몇 채 남은 집 텅 비어 바람 든다

가을볕에 하얗게 바래는 쑥부쟁이
바람에 흔들려도 물빛에 내려서는
물가의 산 그림자 따라, 또 내리는 하늘

―《시조21》 겨울호

껌

김윤숭

단물이 다 빠진
껌이라도 좋다고

남들이 씹고 있는
껌이라도 괜찮다네

씹던 껌 씹는 그것도
맨입보단 낫다네

－《개화》

왕대*

김일연

시베리아 잣나무 캄캄한 숲 속에서

정월 대보름달이 천천히 돌아본다

커다란 불덩어리가 금방 덮칠 것 같다

앞발을 내디딜 듯 그 자리에 멈춘다

이글대는 눈동자가 무심히 바라보며

그만한 거리쯤에서 고요히 제어한다

북한산 바위가 되어 그는 엎드려 있다

물러난 잠복지에서 세상의 흐름을 본다

한 십 년 집요한 추적 끝에야 진짜 그를 볼 수 있다

−《시조시학》 여름호

* 시베리아 수호랑이.

꽃잔치

김정

한 열흘 집 비우고 서울로 간 우리 할매
억시도 손자 궁뎅이 두들기고 있는갑다
텃밭엔
웃음 좀 봐달라는
씀바귀 지천인데

목련은 사발 닦고 복사꽃은 술을 빚고
등 하나 내어건 듯 우아한 대궐인데
오니껴?
개 짖는 소리
돌아보는 감나무

-《나래시조》 여름호

박물관에서

김정수

장롱 같은 유리 집에 모시옷 한 벌 걸려 있다
팔월 삼복 매미 울음 날개 접어 포개 있고
수놓은 청포도 주저리 하늘빛도 시원하다

오동잎 부채 바람 선들대는 베틀방엔
북실 물은 딸각배가 밤낮 들고 나는지
어머니 물살 가르며 머릿수건 벗어 든다

뱃길만큼 풀려나간 실꾸리를 되감으면
먼 별빛 눈길 주어 붙들어 맨 끈 하나
노 젓는 시간의 강에 닻줄로 내리고 있다

-《시조시학》 봄호

개구리, 자진모리

김정희

풀숲에 소리꾼이 밤이면 여는 굿판
어여쁜 목숨들이 제 목청 틔우는 걸까
징소리 북소리 없어도
왁자지껄 자진모리.

몸에 지닌 성낭聲囊은 살아 있다는 표적表迹
노랫말 다듬느라 뜸 들이고 밤 지새우며
개구리, 무당개구리
득음 위해 목숨 건다.

겨레가 예순 해를 눈 부라리던 역사 앞에
앞뜰에서 소리치면 뒤뜰에서 화답하듯
남녘과 북녘 개구리
쾌지나 칭칭 했으면!

　－《시조시학》 겨울호

검문檢問

김제현

민들레 씨앗들이
하얗게 날리는 길.

누군가 다가와
직각으로 각도를 잡더니

"어디를 가는 길이냐"고
나직이 묻는다

묵묵부답, 모른다는
시늉을 하자

이것저것 캐묻더니
그냥 가라고 한다

"여기가 어디냐"고 물어도
그냥 가라고 한다.

－《유심》 6월호

58

지천명

김종렬

다치고
넘어지는 건
가파른 능선이 아닌

하찮은
돌부리며
덤불이란 사실을

불현듯
거울 앞에서
무릎 치며 알았을 때

-《시조21》 봄호

꽃 진 자리
-지산리 고분 44호분*

김종연

피지 못한 꽃 몽우리 1500여 년 잠든 동안

엄마는 몇 번이나 새가 되고 바람이 됐을까

주산엔 목이 잠긴 바람 한 점 흐느끼며 숨어 사네

-《나래시조》 여름호

---

* 경남 고령 대가야 유적 지산리 고분 44호분에서 여덟 살가량 여자 아이의 순장
  흔적이 발견되었다 한다.

은행의 미필적 고의

김주경

올해도 어김없이 털이범이 출몰했다
물큰한 현장마다 감추지 못한 흔적들
유일한 목격자였던
나뭇잎은 묵비권 중.

살림 좀 나아지셨나?
은근한 회유에도
긴 꼬리만 팔랑이는
바람의 너스레

샛노란 배후만 남긴 채
물씬, 가을이
깊어진다.

-《시세계》 봄호

매

김진길

누가 이 적막을
한 겹 뜨고 있나

꿈인 양 닿지 못할
그리움을 품고서

반백 년 철의 장막이
쩡쩡 우는 이 밤에.

피와 아 발이 묶인
분계선 그 사이로

고요는 키가 커서
층계를 오르는데

무엇을 재단하는가
그대 함묵의 날개여.

유릿장 평화를 문
155마일 DMZ,

남에서 북으로
북에서 남으로

공중을 가로지르는
기도비닉* 저 은밀.

–《나래시조》 가을호

* '조용히 들키지 않고 움직인다'는 뜻의 군대 용어.

하반달

김진수

내 어둠 꼭대기에 새벽달이 걸려 있네
온밤을 홀로 지샌 그리움도 외눈박이
어둠은 온 마음으로 기운 달빛 붙드네

반쪽으로 굴러야 할 세상 너무 쓸쓸해서
울퉁불퉁 한 세월을 달래놓고 바라보니
어느새 등성 너머로 내 청춘이 기울었네

네가 사는 먼 곳으로 자꾸만 눈이 가네
그 약속 그 희망이 둥그렇게 차오르길
다시금 숨죽여 보네, 아직도 반 남았으니

-《나래시조》 겨울호

빈집의 화법

김진숙

오지 않는 사람을 기다린 적 있었다
감물 든 서쪽 하늘 물러지는 초저녁
새들이 다녀가는 동안 버스가 지나갔다.

다 식은 지붕 아래 어둠 덥석 물고 온
말랑한 고양이에게 무릎 한쪽 내어주고
간간이 떨어진 별과 안부도 주고받지.

누구의 위로일까 담장 위 편지 한 통
'시청복지과' 주소가 찍힌 고딕체 감정처럼
어쩌면 그대도 나도 빈집으로 섰느니.

직설적인 말투는 잊은 지 이미 오래다
좀처럼 먼저 말을 걸어오는 법이 없는
그대는 기다림의 자세, 가을이라 적는다.

—《유심》 10월호

3월

김진희

궁한 날 달 긷는 집* 햇살은 뒷걸음질이다

들뜬 잇몸 뼈가 시린 해토머리 땅을 뚫고

봉긋이 부푼 젖꼭지마냥 새잎이 눈을 뜬다

바람은 쿵쿵거리며 붓질로 부산하다

각질을 벗겨내며 기지개 켜는 가지

초경의 피가 흐른다

찌릿찌릿 젖이 돈다

-《경남시조》

* 한승원 작가의 문학관.

업業

김창근

절집 앞 길바닥에 남새 몇 단 놓아두고

가을볕에 노긋해져 꾸벅이던 할머니

노스님 발자국 소리에 수줍어 군빗질하네

오죽 같은 정강이 못물 속에 담그고

한나절쯤 홀로 선 쇠백로 한 마리

물고기 행여 지나갈까 물속을 들여다보네

－《오늘의시조》

자화상

김해인

1
오른쪽
가슴에는
신독愼獨을
새기고

왼쪽
가슴에는
부동화이不同和而를
새기고

세상에
대처했는데
결과는
오리무중

2
날려 가지 않을 만큼 가벼운 생을

가라앉지 않을 만큼 무거운 생을

꿈꾸며
살아왔는데
몇 할이나 이루었나

-《열린시학》 가을호

다도해

김현

불빛이 체온처럼
어둠을 밝히는 거리

술잔에 비치는 건
손이 시린 수평선

누구도
닿지 못하는
섬과 섬들이 있었다

–《유심》 4월호

목련꽃 진 자리

노영임

팽팽히 날개깃 펴고 허공 겨눈 춤사위

날아가면 어쩌나, 먼발치서 돌아섰건만

밤사이 나무 그늘 밑

깃털 몇 장 흔적뿐

−21세기시조 동인 제6집 《봄의 문상》

모슬포 바람
－휴休

리강룡

바람 없는 날은 공연히 허전하다

골목마다 되살아난 적막들이 일어서서

저마다 못다 한 이야기 풀어놓고 있었다

모슬포 떼 바람은 발바닥도 없다던데

온 하루 포구는 쨍쨍한 휴식이다

떼 지어 설문대할망 신 훔치러 갔단다.

－《화중련》 상반기호

가을의 옆모습

문수영

빗방울 떨어지자 어깨를 움츠리는 산

처서 지나자 한꺼번에 타오른 잎새들

봄부터 준비했을 거다, 갈대도 단풍도……

길 찾는 왜가리 소리 허공을 치고 갈 때

그림자 사이로 들려오는 굵은 바리톤 음성

우물에 고여 있는 물 한바탕 회오리친다

풀잎에 나뭇잎에 쥐똥처럼 앉은 빗방울

쓸쓸한 잎사귀부터 호명하는 소슬바람

나무는 가지를 세워 맨몸으로 설 준비 한다

－《정형시학》 하반기호

앞니빨 하나 1

문순자

손가락 하나로도 흔들바위 흔들듯
찬 바람 닿기도 전에 물봉선 툭 터지듯
한 하늘 간신히 받든
어머니 앞니빨 하나

화산섬 그녀의 생은 그대로 전쟁이었네
새벽 다섯 시 반
시오리 하귀 오일장
똥돼지 대여섯 마리 리어카에 끌려가네

열세 살 단발머리
책가방도 끌려가네
네가 마수걸면 운수대통 한다는 말에
꽤~액 꽥
뒷다릴 붙잡고
단풍 들던 하얀 칼라

반짝 섰다 사라지던 그 장 아예 사라졌네

개똥참외 마른 줄기 퇴역한 장돌뱅이
그래도 바느질 실 끝
앞니빨로 뚝 자르네

–《유심》 3월호

詩에게

문영순

그대는 어찌 그리
속마음을 감추는지

아무리 두드려도
소식이 캄캄한데

발길을
돌릴 수 없는
절벽이다, 이 한 밤

벼랑으로 몰고 가는
그 뜻이 무엇인가

막다른 목숨에서
솟구치는 그 꽃물을

오롯이
받아내라는

한차례 죽비인가.

-《여성시조》

화개花開

민병도

벚꽃이 반만 피니
그리움도 반만 오나

봄 이별은 아프다며
몸만 몰래 떠난 사람

문밖을 나서다 말고
찻물 도로 올린다

-《시조미학》 하반기호

쇠뜨기

박권숙

불가촉천민으로 이 땅을 떠돌아도
너는 가을벌레처럼 흐느껴 울지 마라
풀밭에 온몸을 꿇린 소처럼도 울지 마라

세 들 쪽방 하나 없어 어린 뱀밥 내어주고
흙 한 뼘 햇살 한 뼘 지분으로 받아 든 죄
무성한 바람 소리에 귀를 닫는 저물녘

뽑히면 일어서고 짓밟히면 기어가는
너는 끊긴 길 앞에서 아무 말 묻지 마라
허공에 흩뿌린 풀씨 그 길마저 묻지 마라

　　　　－《서정과현실》 하반기호

나의 직립보행

박기섭

가장 먼 길을 돌아 가장 가까이 왔다
하도나 가까워서 때로 너 안 보이고
뭇 밤의 애젓한 이마에 흰 이슬이 박혔다

너 없는, 그 가공할 허기가 들레던 날
나의 직립보행은 마침내 시작되었다
너 하나 만나기 위해 육백만 년을 걸어왔다*

모서리가 닳은 채로 서걱이던 나의 별은
너의 잔기침에 가볍게 부서진다
홀연히 세상에 없는 춤사위가 빛날 때

그 뻘밭 그 진구렁 얼음강에 덮였다가
마안한 하세월의 모랫벌이 되기까지
오, 너는 어느 만년설을 홀로 건너온 무지개더뇨

−《문학청춘》 가을호

* 인간의 직립보행은 6백만 년 전에 시작되었다고 한다.

혼잣밥

박명숙

변기 위에 걸터앉아 혼자 밥을 먹는다
밥일까 사료일까 그것을 모르지만
물 한 병 김밥 한 줄로 빈창자를 모신다

산목숨에 제 올리듯 받쳐 든 점심 한 끼
외로움 닫아걸고 마른입을 적시면
둘이선 들어갈 수 없는 목구멍도 저 혼자다

구렁 같은 목구멍을 한 모금씩 뚫고 가는
뚫어야만 피가 도는 하루치 목숨 앞에
괜찮다 홀로 나앉아 밥 먹는 일 괜찮다

-《작가》 상반기호

거미줄을 읽다

박복영

허공을 힘껏 모아 쥔 아버지 손금이다

펼쳐놓고 들여 보니 굴곡진 생의 지도

시간이 슬어놓고 간 눈물겨운 상처들

무수한 등고선을 그려놓고 길 트는데

길 지나온 햇살이 읽다가 지쳐 흘린

누추한 저 내력들이 손금에 걸린 걸까

출렁이는 순간마다 통점으로 끌어안는

끈끈한 길들이 닿지 못한 목숨 하나

사진 속 아버지 닮아 가슴 울컥 속절없다

-《시조시학》 봄호

시인의 말

박성민

밤마다 입속에서 말발굽이 울리면
내달리는 말들이 술잔 속을 건너다가
취하면 말꼬리 잡고
거꾸로도 달렸다

말의 피로 제사 지내던 머나먼 옛적부터
갑골문자 이전에도 말 타고 달린 부족
말 입에 재갈을 물린
시인들은 죽었다

말 위에서 잠든 나를 눈 뜬 말이 데려왔나
천관녀의 집 앞에서 말문을 닫은 말
칼 들어 내 말을 친다
말머리가 뒹군다

–《한국동서문학》 봄호

그녀는

박순영

그녀는 늘 웃는다 빈 마음이 춥다고

그녀가 또 웃는다 사는 게 다 그렇다고

마음을 잘라냈단다 정말 크게 웃었다

-『시조생활 100호 발간 기념-현대시조 걸작선』

부석사浮石寺 가는 길에

박시교

이제 더는 잃어버릴 그 무엇도 없는 날

햇살이 길 열어놓은 부석사 오르면서

수없이 되묻던 생각 길섶에 다 내려놓다

대답이 두려워서 꺼내지 못하였던

그래서 가슴속에 응어리로 남아 있던

함부로 보일 수 없었던 그 상처도 내려놓다

바라건대, 누군가의 마음을 읽어주듯이

천근 우람한 돌도 가볍게 괴어놓듯이

일주문 언덕 오르며 그 마음도 내려놓다

－《유심》 2월호

파적破寂

박연옥

올챙이 떼 왁자한 다랭이 무논 위로

하늘을 찌를 듯이 개개비 소리 날아가자

봄이다! 놀라 흩어지는 물에 비친 구름들

돌미나리 새순 위로 이슬 흠뻑 내려앉은

보이지 않는 아침이 파랗게 젖었다

민들레 하얀 목덜미 흔들고 가는 바람

－영언 동인지《H열 1번 자리》

장군의 묘소

박영교

이적지 참고 참다 내 옷자락 흔드는 바람
왜 그런지 뻐근한 가슴
더욱 아픈 것 같은 오늘
죽어서
다시 사병들과 함께 머물고 싶었던 장군

오늘도 고엽제 사건 끝나지 않고 있는
수많은 사병들과 월남전선 뼈아픈 전투
저세상
즐겁게 살자며 함께 묻힌 그분의 유해

정계政界는 얼룩진 목소릴 토렴하며
정권을 잡기 위해
혈안이 되어 있어
내 조국
기울어져 가도 넘어가는 것 모른다.

—《시조시학》 가을호

청동거울

박영식

파랗게 입힌 봄빛 가만가만 걷어낸다
수 세기 녹슨 책장 부욱북 찢어가면
한 겹씩 고요를 떠낸 연못 하나 보인다

나뭇잎 툭 떨어져 수면이 깨어진다
일그러진 달 조각을 요리조리 꿰맞추면
여인의 어깨 너머로 비쳐 오는 사내 웃음

당초문 청자 접시 국화주 담아 와서
비단옷 적신 얼룩 사랑을 쓴 서사시
아직도 금빛 찬란한 환두대도環頭大刀 그 사내

땅속 어둠 갈아엎고 부양하는 빛 빛 빛
명문銘文의 쓸쓸함이 바람으로 떠도는 동안
한 시대 절망의 뼈는 도굴되고 없었다

－《불교문예》 겨울호

가을 조각보

박옥위

가없이 펼쳐놓은 가을 벌은 조각보다
가슴을 잇대놓은 십 리 조각보의 장관
아버지, 아버지 적부터 대물려 온 저 유산

봄부터 땀방울로 기워왔던 그 품앗이
여름을 길들이던 뜨겁던 그 두렛일
휘어진 다락논까지 허물없이 달은 떴지

이, 저 집 내력도 숟가락이 몇 개인지
동동주 걸러 뜨고 찌게미도 채에 내려
흉허물 물꼬를 트던 큰형님의 그 사투리

네 귀도 반듯 이은 장엄한 가을 들판
황금빛 엷고 짙은 점층 일색 저 조각보
참새 떼 쨱재글재재재재 가을볕이 출렁인다

－《개화》

미간

박지현

아는 길도 오래 걸으면
모르는 길이 된다
익숙한 돌멩이도 낯익은 풀들조차
발길을
가로막으며 불심검문 깜박인다

내 생의 어느 행간을
잇는 갈래길인가
오래전 걸어왔던 미간에 갇힌 시간들
우거진
환삼덩굴에 표지석도 숨어버린

햇살도 숨을 고르는
너덜겅에 오른다
묵언수행에 몸 맡기면 고요도 낯설어서
미간의
돛 없는 길이 저만치 앞서 간다

– 《시조시학》 여름호

팽나무별곡

박해성

이 몸은 새 뱃속에서 태어났다, 고로
내 어미는 새다, 따라서 나는 조류다
귀납적 오류는 없다, 나는 법을 잊었을 뿐

더러는 나를 보고 생불인 양 절하지만
위리안치 오백 년이 다만 징하였느니
광합성 적막의 관절이 무시로 씀벅이는
날짐승의 후예가 목신木神이 되기까지
어쩌면 생시 같고 아니면 꿈결 같아
새처럼 울어라 새여, 사랑도 미움도 접고

하여 늘 가렵던 겨드랑이 혼돈쯤에서
노랑부리 피붙이들 젖 달라고 쨱쨱 쨱
품속을 파고들 때면 내가 그 어미였노라,
하늘에 기별하듯 잘 키운 새 떼 날리고
햇살이 가지에 올라 해금을 켜는 날은
이슬에 목욕재계한 청산도 들러리렸다

—《현대시학》 6월호

새장

박현덕

요양병원 중환자실 세상과 점점 멀어져
삐쩍 마른 몸으로 하루 견딘 아버지
창살 안 전신 뒤틀며 새장을 나가려 한다

카랑한 숨소리에 꿈틀대는 먼 기억들
창살을 빠져나온 파랑새 한 마리가
홀연히 죽지를 편 채 산 넘어 갔을 게다

새들도 잠자리 찾아 나선 긴 겨울밤
눈발 속을 헤매다 흰 울음만 쏟아놓고
아버지 가느다랗게 그저 눈 깜빡인다

－《유심》 6월호

가을 지렁이

박희정

갈피를 못 잡는, 갈증을 이기지 못한
종횡으로 대질러 놓은 길 위의 뿌연 흔적
암수가 한몸으로 뒹군 가을은 고행이었다

풍찬노숙 지난날들, 진수성찬 꿈의 날들
체액이 말라가도 촉수는 곧추세워
금호강 노을을 바라 이력을 쓰는 시간

제 몸이 동강 나도 담담히 길을 나선다
바스라기 빛 모아 비뚤비뚤 읽는 가을
살아갈 둥근 이정표 유언처럼 처연하다

　　　　－《오늘의시조》

꽃 진 자리

배경희

봄이 오는 첫 길목에 목련이 피었다

초록이 길 낼 무렵 목련은 지고 있다

한순간 면목가증面目可憎처럼 아 하고 꽃은 졌다

몸이 먼저 말하듯 없던 병도 터지고

세상 한켠 비바람에 한때는 가고 없다

세월은 꽃 핀 자리보다 진 자리가 길다

-《불교문예》 여름호

잘 익은 상처는 향기롭다

배우식

1
누군가 던진 돌 하나,
나무 속에 박혀 있다.

그 돌을 그러안고
통증을 견디는 서향.*

안에선 상처가 익는다,
향이 왈칵 쏟아진다.

2
참았던 눈물 같은
꽃향기가 폭발한다.

고백하듯 꽃은 피고,
향내가 천리 간다.

사람도 저 서향 같아야

향기가 멀리 간다.

-《시조시학》 가을호

* 서향나무, 일명 천리향이라고도 한다.

기역 자 허리

백이운

허리가 기역 자로 꺾인 우리 절 노보살님

돌덩이 같은 법구 지고 와 부려놓고

불전에 절을 할 때는 꼿꼿이 허리 편다.

무림의 고수인 양 무릎 꿇고 앉아서

미동도 하지 않고 설법 받아 들다가

물러나 집으로 가는 길은 도로 기역 자.

-《시조21》 겨울호

물방울 마을

백점례

잠 덜 깬 마을 쪽에 안개 휘장이 촉촉하다
실눈 뜬 새벽빛이 설핏 번진 틈으로
원시의 어디쯤인가 신발 벗고 걸었다

고요의 이마를 치며 날아가는 백로의 부리
희고 단단한 말을 까르륵 떨어뜨렸다
풀벌레, 목청을 빼내어 그 말을 받아냈다

투명한 성대 풀어 시를 읊는 냇물 앞에
가만히 허리 굽혀 찌든 낯을 씻었다
꿈꾸는 지붕이 두엇 내밀하게 흘렀다

－《시조21》 여름호

아저씨 물집

변현상

품을 파는 광야에서 돈을 딴 발바닥에

밑줄 친 꼴찌 같은
가장 낮은 무허가로

택배도 받지 못하는 집 한 채 또 지었네

오늘을 밀고 가는 적빈赤貧들이 지어놓은

문패도 차마 못 다는
곧 사라질 쓰린 거처

함부로 철거를 못 할 눈물로 지은 마가리집!

–《부산시조》 상반기호

길지 않다

서성자

가령 그럼 이만 그 인사가 미련이라면

'지금이 그때야' 하고 생각난 듯 꽃이 핀다면

아득히 사는 그 일쯤은 버릴 수 있는 후렴이겠다

차바퀴에 겁 없이 앉은 여치 몸을 떼어내자

온 생生이 떨치고 간 가느다란 후회 한 줄

늦도록 팔딱거린다

여기 남은 이유처럼

―《서정과현실》 하반기호

몸 하나로

서숙희

빗방울 하나가 유리창을 타고 있다

디딤돌도 밧줄도 없이 절벽을 기어서

둥근 몸 다 찢고서야 저 아래 물에 든다

크고 넓은 어딘가에 마침내 이른다는 건

저렇듯 몸 하나로, 다만 몸 하나만으로

절망의 그 맨 아래까지 제 살 헐며 가는 것

-《유심》 6월호

거꾸로 읽는 시

서연정

빚어 숨 불어 넣고 뜨거운 펜 놓았겠지

뒤에서부터 한 행씩 더듬어 올라간다

깊은 산 시의 탯자리 분화구를 찾아서

도착이 출발인 길 정상은 원점이다

씨앗 속 꽃잎 같은 휘파람을 물고서

아름찬 벼랑을 날아 발자국을 지운 새

-《시조21》여름호

따뜻한 밥 한 그릇

서일옥

─내 사랑 쥬리안은
마음씨 고운 여자

골목길 넘어오던
귀에 익은 노랫가락

오늘도 가로등에 젖어
음유 시로 피는 저녁.

집 나간 지 이십여 년
소식 없는 가장 위해

따뜻한 밥 한 그릇
기도처럼 올려놓고

밤마다 쪽잠을 자며
기다리던 우리 고모.

목젖에 걸려 우는
그 맘을 잊은 걸까

내 사랑 쥬리안을
어디서 찾은 걸까?

여윈 달 긴 그림자 속에
밥 한 그릇 또 올린다.

－《서정과현실》하반기호

지천명취업신공

서정택

마른 갈잎 한 장 타고 강을 건넌 달마는
소림 면벽구년에 신공神功을 만들었다

그 면벽 세 배 넘게 한
나는 어디 있는가

갈잎 천 장 가지고도 배 한 척을 못 엮어
강 건너 환히 보이는 기슭에 닿지 못한

찢기고 해진 마음을
어느 나루가 받아줄지

마뜩잖은 배를 엮어 겨우 오른 한나절
바람 없는 강가에서 처진 돛을 보는데

내 아이 웃음소리가
장풍처럼 터졌다

-《시조21》 가을호

유령그물*

서정화

그물코에 끼인 채 발버둥 치는 물고기
비명 소리 쫓아가 뛰어드는 물고기 떼
겹겹의 유령그물이 비명으로 뒤엉킨다

게덫과 자망에 걸려 붉게 우짖는 바닷새
손을 쓸 새도 없이 쓰레기와 썩어가는
거대한 무덤이 되어 악취 속을 떠다닌다

날카롭게 날을 세운 독기들로 가득한
밑바닥 속속들이 파고드는 폐그물
바다의 아픈 유령이 긴 자락을 끌고 간다

－《나래시조》 봄호

* 어선에서 버리거나 유실된 어망.

곡우 穀雨

선안영

꿈속에도 캄캄해서 으슬으슬 추운 봄
매달렸던 가지를 놓아버린 낙과처럼
그을음, 먼 시간 밖으로 까치발을 서는 날

사과나무 두 그루를 심으며 생각한다
우리 서로 곁에 있다 믿었던 뿌리들을
구름의 흩어져 사라진, 발이 떠난 발자국을

태양을 오래도록 바라보며 타든 영혼
울음은 잔고 없는 통장처럼 텅 비어
길 끝에 단비 마중 가는 맨발의 흰 꽃잎들

–《유심》5월호

정자리 1

손영희

노란 스쿨버스가
없는 아이를 싣고 간다

봉고차가
하우스족 할머니들 싣고 간다

동살이 적막 속으로
순찰병처럼 스며든다

노란 스쿨버스가
없는 아이를 부려놓고

봉고차가
풀 죽은 고춧대들 부려놓자

노을이 아랫목으로
밑불을 놓고 있다

-《서정과현실》 상반기호

덤덤함에 대하여

손증호

그대를 마주하여 망원경으로 보지 않는다

그대를 마주하여 현미경으로 보지 않는다

오래된 안경을 끼고 덤덤하게 볼 뿐이다

-《시조시학》 봄호

매향리 사격장*

송유나

벙어리 낡은 몸피
수년 그리 살아왔나
저체온증 배 맞대고 온기 나눠 여는 길목
철조망 농섬이 웃고 상처로 핀 개망초꽃

깊은 밤 잠 못 들어
환히 피던 조명탄 빛
훌쩍 지난 긴긴 세월 벽화로 남아 있다
썰물이 싹 쓸어 가도 속도 깊은 저 갯벌

해안가 철조망 따라
들며 날며 오가던 새
감자밭 흰 꽃 필 즈음 창문 걸어 닫았다
고온리 마을 입구에 널브러진 덧난 상처

-《정형시학》 하반기호

* 경기도 화성시에 있는 미군 사격장. 이제 사격장은 문을 닫고 탄피만 수북하게
  쌓여 있다.

반달

신강우

하나씩 뽑아내고 이빨을 앓는 추억
아낙네 젖은 손이 처마에 등불 켠다
그리움 눈물을 먹고 꽃으로 피어난다

도끼로 찍으니, 천 년 더 묵은 침묵
득도의 빛 번뜩이고 심장이 갈라져서
독경이 익히는 사리 하얗게 쏟아진다

닫혀진 마음의 문 조금만 열어두고
사하라 넘어가는 낙타의 꿈 익어가듯
청상의 가득한 독기 번득이는 긴 칼날

－《한국동서문학》 겨울호

끈이 풀린 나이

신필영

편의점 노천 의자에서 맥주 캔을 따고 있는
오후 네 시 긴 그림자 저 홀로 흔들린다
두 눈에 말없음표를 점점이 찍어가며

사선으로 떨어지는 고층 빌딩 불빛 근처
단벌 구두 뒤축만큼 닳아버린 이력 위로
헛걸음 불러 앉히며 구인 광고 외면한다

퇴근길 주연들을 바라보는 객석인가
번개 치듯 지나가는 불청객 견비통에
밤하늘 열쇠 구멍으로 초승달이 내려온다

-《시조21》여름호

품

심석정

큰물 진 후 뒤집힌 속을
가만 다독이는 강

길목마다 몸을 섞는
하천 지천 실개천들

강물은
편 가르지 않는다
다만
바다에 닿을 뿐……

−《시조21》 봄호

소모품 혹은 무기

양점숙

일 없어 심심한 신이 인간을 빚었다면

소모품 혹은 무기 아니었을까

얼마쯤 지나고 나면 낡고 부서져 버리는

인간은 종족 번식의 대업을 이루고

이유도 모르는 채 늙고 죽어가면서

마지막 신을 부르고 마지막 용서를 빈다.

-《개화》

가건물

염창권

회색 시멘트 사이딩으로 외벽을 둘렀다
찬 공기가 스며들 뿐, 물은 새지 않는다

틈새에 공복이 앉았는지
텅 텅 울린다.

드릴 구멍을 빠져나온 전선 두 가닥이
먹다 흘린 면발처럼 꺾인 채 눌어붙었다

내 몸이 참 변변찮다
축축하게 젖었다.

-《시조21》겨울호

하도 카페

오승철

사나흘 눈보라를 간신히 달랜 오후
철새 떼도 팽나무도 비켜 앉은 마을회관도
갈대에 몸을 맡긴 채 흔들리는 하도리 길

그러거나 말거나
돌담 올레 납작집
소라게 발 내밀듯
슬그머니 내민 간판
길손은 없어도 그만, 마수걸이 못 해도 그만

우리도 한눈팔듯 이 세상에 온 것일까
바다와 민물이 만나 몸 섞는 노을의 시간
게미용 불빛 하나야 내걸거나 말거나

－《서정과현실》 상반기호

이별의 품사

오승희

'젊다'는 형용사, '늙다'는 동사라 하네

촛불 옆에 해골*은 먼 곳을 응시하고

도무지 알 수가 없네 별들이 우는 이유를

계절은 거울 속으로 자꾸만 달아나고

이별하는 내 생에 가장 젊은 이 순간

당신은 저만치 있고 나는 여기에 있네

−《유심》 3월호

* 바니타스(vanitas : '무상함, 허무'를 뜻하는 라틴어) 정물화 소재.

갈매기의 꿈

오영민

닻 내린 뱃머리 끝 수평선이 걸려 있다
알몸의 조개 더미 속 숨어드는 갯바람에
뉴스는 어제와 오늘 세상 주름 일러주고

사는 일 쉽지 않다고 말로 하면 모를까 봐
딸아이 교복 치마 주름을 펴는 아침
덜 지운 얼룩 하나쯤 좌표처럼 남겨둔다

그 누가 자식 두고 주름질 일 하겠냐만
모래톱 쌓인 발자취 그 쓸쓸한 자화상
등대는 은빛 물결 위 외줄타기 한창이다

–《열린시학》 가을호

118

참새와의 대화

오영빈

꽃보다 먼저 찾아온 참새들의 봄 아침
강중강중 뛰는 모습, 네 체중은 얼마니
지금은
배가 고파요,
그런 거 우린 몰라요

황량한 도심에서 지난겨울 어땠니
그래 다리 쭉 뻗고 잘 곳은 있었고
형편껏
살았지요 뭐,
걱정해줘서 고맙네요

옷깃만 여민데도 포르르 달아난다
좀 더 놀다 가렴, 우린 오랜 이웃이잖니
그런 말
하지 마세요,
우리를 해치지 않아요

–《스토리문학》 여름호

서울 한낮

오영호

트랩을 내려오자 백야白夜인 줄 알았네

뿌연 하늘 아래 시야는 좁아지고

따라온 제주 바람이

헉헉대는 서울 한낮

−《시조미학》 하반기호

선사, 움집에 들다

오종문

세월도 무게 던 채 허물린 선사 유적, 눈발이 속절없이 걸어온
길 지워낼 때
  익명의 마음 붙박고 목을 놓아 울겠네

시간에 포박된 채 한 계절 에서 살며, 몸에 걸친 거추장한 화려
함 벗어내고
  천품의 혀 짧은 말로 움집 얻어 살겠네

살얼음 두께 더한 해 떨어진 그 강기슭, 천렵한 물고기들 화덕
위에 올려놓고
  불가에 쪼그려 앉아 화석의 꿈 지피겠네

허망한 사유라도 씨 볍씨 돌에 갈듯, 발 달린 짐승 거둬 자유로
이 놓아기르고
  먼사내 그 물색으로 경작할 땅 일구겠네

  ─《시조시학》 가을호

결빙 구간

우은숙

바람에 헹궈내도 빈산뿐인 당신의 절망

닳고 닳은 울음 속에 아이 하나 품는다

시침은 바보가 됐는지 거꾸로 돌고 돈다

당신은 서둘러 그림자를 거두지만

은폐된 냉기마저 몸속에서 꿈틀대자

슬픔의 살갗 튼 발목 언 강을 건넌다

-《현대시학》 8월호

태화강 백로

유병옥

하루해 붉게 타다 용궁소의 숯이 되면
백로 떼 한 무리는 긴 그림자 거둬들고
나룻배
타고 건너와
십 리 대숲 사립 닫아

백로의 꿈길 속에 십 리 대숲 잠이 들면
은하에 옛길 물어 용궁소에 달은 뜨고
강심에
무영無影 누각도
제 그림자 찾았구나

닻 올린 나룻배에 첫새벽이 승선하면
용궁소 숯불 일궈 하루해를 끓여내고
백로의
푸른 아침은
십 리 대숲 사립 연다.

–《불교문예》 봄호

미시령

유자효

4월에 눈이 오는 미시령을 지난다
인간의 세상에는 봄이 이미 왔는데
긴 터널 지나니 문득 다가서는 눈 나라

부처의 나라가 왜 좋은지 아시는가
아프고 번민 많은 이 세상을 살다가
화들짝 놀라 깼을 때 펼쳐지는 반짝임

두고 온 저 세상에 아쉬운 꿈 아직 많아
주섬주섬 짐을 싸서 돌아갈 길 서두르다
설악을 버리고 나니 다가서는 눈물 나라

-《유심》 6월호

향기론論

유재영

I
적막만이 목을 내민
속살 젖은 어둠 속을

외로움 고것만큼
등불 되어 앉아본다

기러기
울음소리도
두 손 모아
받는 마음

II
지난봄 찻잎처럼
보드랍게 접다 펴며

입동도 지난 밤을
한 생각 우려내면

비워둔
중심 어디쯤
향기도
무거워라

-《유심》 12월호

소싸움을 말리다

유헌

유록의 지난 시간 바람처럼 휘달려 온
선한 눈빛 어디 두고 핏발을 그었는가
부딪쳐 멈춰 선 경계, 침묵도 숨 가쁘다

모래판도 멍이 들어 짙어진 발자국들
밀리면 끝장이다 주문처럼 되뇌다가
둥글게 제 몸을 말아 언덕처럼 누웠다

걷기에도 힘이 부친 가파른 길목에는
나뒹구는 바람만이 모퉁이를 비벼대고
길들이 만나는 자리 이별이 오곤 했다

이제 더는 갈 곳 없어 서로가 기대섰나
비탈을 짊어지고 또 한 고비 넘어서니
싸움을 멈춘 소처럼 힘이 풀린 내가 있다

–《시조시학》가을호

뜬금없는 소리 26

윤금초

꽃게나 방게나 뭐
게걸음 치긴 매한가지.

　재수 없는 선포수 곰을 잡아도 웅담 없고, 재수 없는 당달봉사
패문卦文 노상 외워둬도 개좆부리 하는 이 없는 법. 언제나 무궁 세
월 소태 같은 세월이라 남는 건 맨손바닥 맨주먹뿐, 그 꼴이 무슨
꼴이람. 죽 쏟고 뭐 데이고, 귀싸대기 맞고 뭣 버리고, 아침밥 거른
다더니…. 낙태한 고양이 낯짝하고설랑 이제 와서 뉘우친들 죽
은 자식 그것 만지기지. 암만…. 언청이 아가리에 토란 비어지듯
고것참, 고것참, 얼간망둥이 꼴로 주책없이 껑충거리긴. 제 돈 칠
푼은 알고 남의 돈 열네 닢은 모른다는 수작이군. 한 치 벌레에도
오 푼의 결기가 있는 게라네. 까마귀 똥도 닷 푼이요 하면 물에다
갈기더라고 등치고 배 문지르는 데 이골 난 아전 관속 요사妖邪로,
요사로 사는 게 세상 이치 아니던가? 꽃게나 방게나 뭐 게걸음 치
긴 매한가지. 손돌이바람 지나고 난 쇠전머리 파장 마당 장대로 하
늘 재는 허욕일랑 내려놓고, 삿된 허욕 다 내려놓고,

　누렁소

영각 켜는 소리
작작하게, 작작해.

-《시조매거진》하반기호

물소, 혹은 아이들

윤채영

초원을 내닫던 장년의 물소 한 마리
아시아 어느 안방에 품위 있게 엎드렸다.
내어줄 무엇이 남았나
영혼마저도 가죽뿐인 몸
한 남자 물소에 앉아 득의만만 보는 TV
아프리카 아이들의 뼈마디는 앙상한데
노곤히 몸을 누이는 풍요로운 저녁이다.

―《시와문화》 여름호

바람이 사람 같다

이광

신명은 어찌 못 해 산에 들에 죄다 풀고

부아가 치밀 때면 회오리 들이민다

사람이 그리운 날은 애먼 창만 두드린다

때로는 갈 데 없는 떠돌이로 터벅댄다

너 떠나 텅 빈 길을 구르는 가랑잎이

바람의 발꿈치인 양 가다 서고 가다 선다

－《서정과현실》 하반기호

빈 터

윤원영

매립지 모래땅엔 망초 곁에 동방산이
다보록한 질경이풀 심심하지 않겠다

사소한
너무나 사소한
개똥 같은 돌멩이

-《부산시조》 상반기호

엘리베이터

이나영

내 손에 들린 것이 흰 지팡이일 겁니다

손끝으로 귓전으로 길목을 읽어내죠

끊어진 시신경들이 부유하는 공간입니다

서서히 시들면서 달려가던 망막 위로

굴곡진 잔상들을 기억해 내는 일이

이제는 손끝에 박혀 저릿하게 떨립니다

더듬어서 층을 찍자 문이 활짝 열리는데

까마득 어둠 속에 내려앉는 몸뚱아리

온몸이 레일입니다 누군가 달려갑니다

－《시조시학》 봄호

팽목항 그래프

이남순

첫새벽을 환히 열며 손 흔들던 열일곱이

겹겹이 바람길에 줄을 놓친 나비 뗸가

파도만 제 가슴팍을 시퍼렇게 두들기고

까치발로 팔 뻗으면 이미 반은 딸려 올걸

우왕좌왕 술렁술렁 사간死諫을 놓치면서

물길을 자로 재는지 헛손질만 어이없다

뱃머리도 가라앉아 가뭇없는 저 하늘만

미안하다, 흩뿌리는 봄비만 하염없이

몇 날을, 추적거리며 곡비처럼 울고 있다.

-《개화》

유품

이달균

유품은 더 이상 죽은 자의 것이 아니다
길바닥에 버려진 흙 묻은 개의 주검처럼
한 켤레 낡은 구두로 생애를 정의한다

떠도는 말씀은 여우비에 씻겨 가리라
아무도 마지막 종을 울리지 않았지만
여운이 사라지기도 전 싸늘히 잊혀진다

하지만 깊은 밤 촉 낮은 불을 밝히고
가슴으로 써 내려간 한 권의 일기장
이보다 품격을 더한 유품이 어디 있으랴

남긴 것도 뿌린 것도 초라한 이름이지만
그는 청천 하늘의 뇌성벽력을 가졌고
애잔한 파도 소리도 함께 가진 사람이었다

-《열린시학》 겨울호

빗방울, 꽃살문 두드리다

이두의

갓밝이 피어나래 여린 살 두드리는

찬 손가락 너를 따라
하롱하롱 뛰어내려

아슬한
경계 넘나들 때
부서져 발효될까

봄 멀미 절정의 순간 기루어지는 날에

수런대는 초록 발가락
나무뿌리 스몄다가

농염한
열매로 익어
하, 기쁘게 떨어질까

─《시조시학》 겨울호.

그것은, 무릎이 그린 그림

이민아

앙코르 밀림 사원 무너진 석축 위에
맨발로 무릎 꿇은 소년 화가가 있었지
그림값 한 점에 15달러
하루 넉 점 팔긴 드문 일

부러진 세 자루 붓과 우유갑 물통이 전부인
바위와 그늘의 아들, 소년은 고아였네
건기는 필생을 살았고 우기에는 숨죽였네
그 흔한 이젤도 없이 방석 하나 깔고 앉아
바람의 종적을 담네, 사원의 눈, 손이 되어
석양이 환등幻燈한 풍경을 새기고 또 새겼네

밀림 속 아뜰리에 노을 조명 꺼질 때까지
떠나간 인연 앞에 붓으로 쏟는 오체투지
그것은, 무릎이 그린 그림
눈물의 각질 수습하네

－《나래시조》 봄호

137

이불

이분헌

또 하루 파도 건너 작은 섬에 닻 내린다
생각의 거품들을 걷어내고 걷어내면

딩동댕 경쾌한 순항처럼
녹아드는 잠자리

달빛도 곤한 숨소리 창문가에 푸는 밤
비운 것의 여백에 등 기대고 누우면

하얗게 밀물져 오는
눈썹 사이 따슨 잠

-《경남시조》

중년

이서원

단봉낙타 걸음으로 산 하나 이고 간다
가슴에 뜨는 별들 이미 빛이 바랬는데
메마른 꿈의 한쪽을 울먹울먹 씹어본다

자존의 두 무릎을 꿇을 만큼 꿇었건만
드센 격랑 속을 용케도 헤쳐 왔다
자꾸만 처지는 어깨 가까스로 추스르며

앞을 향해 갈 뿐 돌아갈 길은 없는
열사의 먼먼 사막 언덕들을 넘어가면
어느 녘 절정의 날이 한 번쯤은 또 올까

－《시조21》 여름호

이름의 고고학

이송희

널 만나고 오는 길에
네 이름을 지웠다

길들도 안개에 갇혀
제자리를 걷는 동안

여태껏 호명하지 못한
어둠들이 말 걸었다

내 것 아닌 이름을 땅속에 파묻는다

메마른 손길들이 묵은 사랑 발굴할 때

지층을 들추며 찾아낼
너라는 고고학을

―《시조시학》 봄호

비보호 지대

이숙경

눈 한 채 실은 버스 바람언덕 올라간다
그윽이 꿈꾸다 홀연히 깨어난 사내
우묵한 눈자위 비비며
좌회전 따라간다

미어지게 설핀 겨울 발부리에 뒤채어
늘 혼자 서성거리다 한잠 드는 골목길
열두 시 시침을 뽑아
긴 늪에 내던진다

탄알처럼 쟁여둔 말 녹슬어 푸른 방
파란만장 등 자국 중첩된 벽 기댄다
구부려 살지 말라고
몸 달구는 환한 등

－《시조21》 봄호

그늘 더듬기

이숙례

갈라진 마음결에 삐쭉 내민 눈물에도
눈만 뜨면 달려가다 허공에 접친 발목
흩뿌림
한 생이 아직
빈 꼬투리로 흔들리다

밤과 낮 명암의 차, 물불의 다듬질로
윤이 나던 항아리에 미세한 금도 지듯
새김질
긴 노래 결도
덜 여문 투박한 소리
야윈 옆구리 사이 종종걸음 치는 바람
흩어진 시간들의 출구를 기억하며
덜 익힌
화두의 그늘
붓끝으로 밝힌다

-《개화》

보랏빛

이승은

내 울음을 보태느라 종일토록 비가 와서

늦은 봄 라일락꽃 도리질이 한창이다

소르르 잔소름 돋는, 애저녁 먼 못물 빛

−《아라문학》 봄호

가축 시장

이승현

영문도 모른 채
엄마와 헤어지고

눈물 그렁그렁
울음 우는 저 송아지

꽃 피고
꽃 지는 봄날
하늘 한쪽 시리다

-《시와소금》 여름호

징검돌

이양순

하늘이 내려오고 비가 차오르던 밤
돌다리가 되라시던 선생님 생각난다
물고기 다가와 쉬고 깊은 수심 꿈꾸게

물 따라 바람 따라 흐르고 싶었는데
그냥 그 자리에 징검돌로 가라앉아
하루가 또 하루가 가니 그 말씀에 눈물 난다

만나고 떠나보낸 마음속 꽃 한 송이
기다리다 뒷모습 바라볼 그날 오면
밟히는 돌의 울음으로 깊어가는 여울이여

−《유심》11월호

어멍*의 바다

이영필

잠박질 참방참방 그 짓이 生이었다
어멍을 기다리다 배고프면 잠들었고
뿌우 뿌— 소라를 불던
내 유년은 바다였다

집게팔 자랑하던 몽돌밭 게들 함께
갈매기 끼룩끼룩 제 어멍 부르는 시간
흰 이빨 보인 파도는
등 푸른 섬이었다

구름이 한가로운 해안의 놀이터에
바람 숭숭 돌담 사이 둘레길이 놓이고
물비늘 가물 되듯이
숨비 소리 들린다

물속은 따뜻했다 태반의 뱃속만큼
하루가 저물도록 자맥질로 숨을 쉬는
지금도 고무옷 탱탱

탐라 바다 부푼다

－《시조시학》 여름호

* '어머니'의 제주 방언.

불면

이옥진

눈 감으면 마음이 떠져

생각이 꼬리 문다

너에게 못 해준 말

답하지 못한 편지

긴 시간

묻혔던 이름이

노크 없이 서 있다

-《시조21》 가을호

고모

이우걸

튜브도 구명조끼도
바란 적 없었건만

건너야 할 강물은 먼 산에 닿아 있었다

비바람 머리에 이고
갈대처럼 늙어간 여자

-《현대시학》 7월호

낙일落日

이일향

하루가 멀다고
부음訃音이 날아든다

내 삶을 지탱해온
피붙이며 정인들이

작별의 인사도 없이
이승을 하직한다

잎이 진 낙목落木처럼
나 홀로 남았어라

몸에 밴 고독이라
두려울 것 없다마는

지는 해 붉은 울음이
내 것인 양 아파라

–《문학청춘》 겨울호

담쟁이

이정원

울 아기 젖니처럼 움이 돋는 새싹들

옹알이 말문 트며 고사리손 내어놓네

양팔을 치켜세우며 띄워보는 꿈이 있다.

내 오랜 오만의 눈짓 담장 위에 내려놓고

초록의 한끝에서 삭여내는 거친 숨결

실핏줄 한껏 부풀린 땡볕 속 그해 여름.

-《현대시조》 가을호

청산도

이정환

바다로 둘러싸인
청산도에 이르러

당신에게 둘러싸인
나를 보게 되었다

망망한
수평선 저편
붉은 해 떨어질 때

보리밭과 돌담과
다락논과 초분과

서편제와 솔숲과
유채꽃과 바람 소리

사람이
청산에 누워

흙 되는 것 보았다

먹먹한 울음으로
둘러싸인 청산도

그 울음 파묻을 듯
양귀비 붉은 비탈

당신이
끊어버린 길
이어주고 있었다

−《시조21》 가을호

저런!

이종문

대만 충렬사 정문 참 잘생긴 경위병과
그 옆에 못생겨도 참 못생긴 경위병이
그 무슨 마네킹처럼 눈도 깜짝 않고 섰네

잘생긴 경위 옆엔 아가씨가 줄을 서서
사진을 찍는다고 북새통을 이루는데
못생긴 경위 앞에는 파리 떼만 오고 가네

그런데 내 막내딸 그 못생긴 경위 옆에
환하게 웃으면서 포즈를 잡고 있네
내 딸 참 참하게 컸네, 마음씨도 곱다 했네

세상에! 알고 보니 그런 것이 아니었네
잘생긴 경위와는 이미 몇 장 찍어뒀고,
못생긴 경위가 불쌍해 한 번 찍어줬다 하네

게다가 카메라가 디지털카메라라
마음에 들지 않으면 삭제하면 된다면서

정말로 버튼을 눌러 삭제하고 마네, 저런!

−《정형시학》하반기호

세상의 모든 어미

이지엽

남자들은 가래로 뻘 파 쉽사리 잡지만
여자들은 힘이 달려,
몸뚱아리가 연장이여
팔 걷고 쑤셔 넣다 보면 어깨까지 다 닿는 겨

줄에다 산낙지를 묶어서 손에 달고
살째기 집어넣으면
속에치 꼬셔 나오제
으찌나 잽싼지 몰라 깜빡하믄 나만 망해불어

알 까고 죽은 낙지는 살 썩어도 냄새가 안 나
알 보듬느라 묵지도 않고
헛껍딱만 남은 겨
세상에 모든 어매라는 것이 다 같은 거 아녀

-《문학사상》 11월호

북장을 지나며

이태순

북장사 감나무는 얇은 옷의 잿빛이다

만등을 걸어놓고 허공의 밥이 되는

홍시 빛 파먹는 새들 육탈하는 감나무들

까치밥 두엇 달린 초겨울 묵화 같은

절집 아래 늙은 연인 무쇠 밥을 짓고 있다

한 술 더 떠먹여 보낼 밥이 끓는 저녁이다

-《유심》 2월호

무릎의 계보

이태정

어머니 젖무덤을 더듬다 내려온 곳
그곳은 자궁보다 따뜻했던 무릎이었다
가만히 앉아 있으면 세상이 내 것이던 곳

그곳을 내려오면서 처음 깨진 곳
상처 위에 입김 불며 혼자 울던 곳
천천히 덧난 딱지 위로 아물어가는 상처들

꿇리면 꿇릴수록 단단해지는 자존심
완전히 꿇어야만 온전히 펼 수 있는
직립의 시간을 위한 아름다운 구부림

-《유심》 2월호

지문의 행적

이희숙

그 어떤 말보다도 본임임을 증명하는

인감을 떼달라는 지문을 찍었다

움켜쥔 손을 펼치면 저마다 다른 문양

내미는 손 잡으면 지난 삶이 환한

닳고 닳은 손가락이 나임을 거부한다

함부로 부려먹은 죄, 무심했던 손의 반란叛亂

－《서정과현실》 상반기호

돌 속에 갇힌 언어
−천전리 각석

임석

원시림 바위벽에 바다가 잠들어 있다
깃털의 온기처럼 신화 속 영혼들이
콸콸콸 대곡천 따라 문명 독 씻어낸다

심해를 빠져나온 암각화 고래들은
어둠 깃든 별자리로 바둑판 매김 하고
거북 등 갑골문자로 돌쩌귀를 꿰맞춘다

한 점 예각을 그어 만물과 교감하는
우주로 전파 쏘는 풀벌레 동심원들
별과 달 바람의 시를 물소리가 흥얼댄다

−《화중련》 상반기호

꽃물 한때

임성구

살점과 살점 사이 저 내밀한 붉은 말
내 몸 어딘가에 그대 흔적 스며 있다

한겨울
뜨겁게 울더니
군불처럼 지펴졌다

싸늘한 구들장에 꽃향기 번지는 시간
눈 덮인 어느 능선 틈이 하나 생겨났다

첫차로
찾아올 봄이
물들여 논 나의 얼룩

−《시와문화》 봄호

왼바라기

임채성

걸음 뗀 그날 이후 아버지는 말하셨지
연필과 숟가락은 꼭 오른손에 잡으라고
옳은 쪽 바른 손만이 법이고 밥이라며

날 때도 왼쪽부터 팔다리가 나왔던 난
외곬의 아버지 말씀 마냥 좇진 못했지
누르면 용수철처럼 튕겨지는 결기 앞에

그런 날 무람하게 교차로에 나서보면
신호 없는 좌회전은 너나없이 불법인데
눈치껏 그냥 돌아도 우회전은 뒤탈 없고

오른쪽 날개로만 날 수 있는 반쪽 나라
자오선 좌표 위에 묶여 있는 이 하루도
그른 쪽 그늘에 숨어 비익조比翼鳥를 꿈꾸네

-《시조21》 봄호

나이트메어

장수현

충청남도 논산시 은진면 와야리

서울에서 내려와 방 한 칸 얻어 살았네

여든 살 굽은 노인의 젖무덤 같은 집이었네

몇 달을 사는 동안 집은 고요했네

어둠 속에 누우면 마른 풀숲만 같았네

밤마다 풀벌레들이 잠들지 말라고 속삭였네

내 몸을 갉아먹던 소리들이 들끓었네

쫑긋거리는 두 귀를 자르고 싶었네

떠나온 도시가 그리워

밤잠을 이룰 수 없었네

-《정형시학》 하반기호

오랑캐꽃

장은수

먹감나무 그늘 아래 오도카니 세운 꽃대
땅에 붙은 잎자루에 산빛 어둠 담아놓고
가녀린 긴 목을 돌려 고개 떨군 누이야

얼마나 사무치면 이름에도 흙이 질까
환향의 기쁨보다 화냥의 아픔만 남아
작은 키 더욱 낮추고 숨어 핀 풀꽃 송이

몇 번의 봄을 지나 돌아와 앉은 자리
치마 걷던 바람 소리 더는 들리지 않는
첫새벽 동살이 뜨면 이슬을 머금는다

속울음 걷어 올린 자줏빛 싸한 통점
더러는 앉은뱅이 어깨 건 몸짓으로
바람 찬 세상을 향해 연잎 종을 치고 있다

－《시조시학》 봄호

대설주의보

장지성

그 옛날 무성영화 영상을 돌려 본다
유년의 고향 산천 눈썹 끝에 묻어나는
고샅에 눈이 내리네, 시름처럼 쌓이네.

밤부터 내린 눈이 종일토록 더 퍼붓는
눈보라 둔덕 위에 눈싸움 썰매놀이
풍지로 대사를 읊는 변사辯士인가 바람결은.

어디가 온 길이고 더 갈 길은 어디인가
절해에 홀로인 듯 옥죄는 고절감을
이 저 산 설해목 소리 적막마저 들깨워라.

이대로 어둠 들면 세상은 이불 한 장
머리맡 경전經典이듯이 이 한밤을 다독이며
아득히 매몰되는 것은 세월인가 꿈인가.

−《펜문학》 1/2월호

씀바귀 아내

전연희

살진 텃밭 없이도 빈 들녘을 달려오는
부르튼 맨발로도 꽁꽁 언 땅 딛고 서는
푸릇한 여윈 손등이 꽃샘바람에 아리다

치커리 브로콜리 그럴싸한 이름 앞에
무명옷 엉킨 머리 수줍은 듯 비켜서도
속 뿌리 다듬어 얽어 봄 둘레가 선하다

연하고 달콤함에 지쳐 온 그대 앞에
온전히 드릴 것은 질긴 잎 쓴 뿌리뿐
견디다 하얗게 삭은 등이 굽은 꽃대까지

－《서정과현실》 상반기호

연

전원범

끝에 걸린 연 하나
차마 놓지 못하고
밤새워 나뭇가지는
울음을 운다
그리움 다 풀어놓고
서러움 다 풀어놓고

–《화중련》하반기호

참대 숲에서

전일희

변절의 시대에는 참대가 잘 자란다
세상 가운데에 서너 그루 심어두면
먹물 향 빳빳이 먹인 갓에 죽순이 돋는다

배반의 거리에는 선죽교가 걸려 있다
피 터지는 시절 앞에 무릎은 꺾어져도
역사의 끝자리마다 단령포團領布가 단정하다

모역하는 밤하늘엔 댓잎 소리 더 푸르다
악수를 나눈 문명文明을 바람이 쓸어 가고
깡마른 혼불을 켜고 고독하게 타오른다

-《열린시학》 여름호

포구의 아침

전정희

배들이 통통거리며 포구로 돌아온다

몇몇이 어슬렁거리며 선착장으로 모여든다

비린내 그물에 걸린 갈매기 떼도 끌려온다

사내가 쇠말뚝에 웃음을 비끄러매고

뜰채를 들어 올리다 바다 쪽으로 휘청

기울던 사내의 중심이 물차로 옮겨진다

샘을 끝낸 활어차가 휑하니 빠져나가고

흥정을 놓쳐버린 몇 마리 갈매기들

썰물에 떠내려가는 비린내를 에워싸네

-《유심》 4월호

그러려니, 섬

정경화

섬으로 가는 뱃길,
그러려니 해야 하네
눈앞에 제집 두고 사정없이 되돌려져
낯설은 포항 부둣가 난민처럼 던져져도……

섬으로 오는 택배,
그러려니 해야 하네
살찐 감자 꾸러미 싹이 난 채 떠돌아도
소문은 파도에 주고 명이나물 캐야 하네

잇몸살 젖몸살에 섬백리향 말라가면
해무에 통증을 묻고 적소로도 잊혀지는,
울릉도 그 섬에서는
그러려니 해야 하네

-《시조21》 여름호

메주

정광영

짓이겨진 살덩이는 뭉치고 꿰매어서
바로 살기 힘든 세상
거꾸로라도 매달릴까
한겨울 버텨낸다면 그깟 슬픔 삭고 말겠지

그때 그리움을 봄볕에 내어 말리고
내장이 다 우러나온 구수한 이야기를
아내여 우리 식탁에 올려야지 않겠는가

ㅡ시조동인 오늘 제26집 《하늘무게》

슬픈 고무신
-어느 일본군 위안부 할머니의

정수자

고무신이 벗겨진 채 소녀는 끌려갔네

부를수록 집은 멀고 총칼은 목에 닿고

악문 채 몸을 봉해도 군홧발에 녹아갔네

총을 물고 울었건만 목숨은 욕辱을 넘어

헐은 몸 닦고 닦아 옛집 앞에 섰건만

코 베인 고무신처럼 생이 자꾸 벗겨지네

-《시조21》 봄호

그럴 수 있어

정온유

마음 길이 닫혔는지
별것 아닌 일에도
괘씸하고 서운하고
세상일이 마땅찮다.

생각을 다독이는 게
뭐 그리 대수라고

어깨에 떨어진 먼지쯤 털어내듯
'그럴 수 있어'
툭 툭 쳐내기로 마음먹자.

말끔한 너그러움이
그대로 흘러가도록.

−《시조시학》 가을호

혼자

정완영

혼자서 살면서도 혼자인 줄 몰랐더니

아무도 없는 고향, 그 고향을 다녀와서

맥 놓고 앉아 있는 밤 혼자인 걸 알았네

-《시문학》 6월호

봄동

정용국

늦동지 시린 밤을 고스란히 받아 이고
삭히고 벼리느라 속도 들지 못했구나
둥개던 소소리바람에 흙덩이를 그러안고

할머니 단속곳에 꼬깃꼬깃 접힌 채로
뒷심만 눌어붙은 천 원짜리 지전같이
건너갈 대한 머리에 하소연만 길던 하루

질기고 시퍼렇게 두벌잠을 털어내고
개똥쑥 잠꼬대가 쌉싸름한 아침 밥상
무겁던 겨울 허리가 신통하게 풀린다

－《서정과현실》 상반기호

지심도 동백

정재선

선홍빛 속울음이 섬을 온통 물들인다

붉어진 내 설움도 슬며시 풀어놓고

동여맨 마음 한구석 툭, 떨군 그리움 하나

-《시조21》 여름호

춘곤春困

정평림

봄볕 절로 무르녹은 해토머리 한식 무렵,

선산 묘소 떼 입히고 할 일 다한 뒷날처럼

툇마루 냉큼 걸터앉아 묻혀 온 흙을 터네

때로 이는 소소리바람 녹색 왕조 길 트는지

앙감질 끊임없네, 꽃대궐 사뭇 재촉하고

어머니 실눈 속으로 가물거리는 자색 산빛!

-《정형시학》 상반기호

소금

정해송

초점 모아 바라보면 결이 삭은 세월 뜬다
너희는 이 세상의 소금이라 하신 날도
지상엔 마른 혼들이 개펄처럼 주름졌지

물결 따라 흔들리며 닿지 못한 사랑이여
푸른 밤을 떠받치던 흰 뼈의 시간들이
귀 닫은 시대를 향해 촉을 세운 저 결정結晶

이 가을 식탁에 놓인 미완의 국물에다
반 숟갈 숨결 풀자 간이 배는 그날 말씀
한 그릇 완성을 위해 오래 참은 맛을 본다

–《오늘의시조》

유쾌한 홑겹

정혜숙

세 살배기 아이의 말은 유쾌한 홑겹이다

만 리를 건너온 미간이 맑은 말들

오래된 적막을 걷으며

둥글게 휘기도 한다

한 옥타브 높아서 새벽처럼 서늘하다

받침 없어 위태하다, 오리처럼 뒤뚱거린다

그 행간 더듬어 읽다가

나도 몰래 눈물이……

–《한국동서문학》 가을호

칡

정희경

겨우겨우 버티고 선 밑동을 휘어 감는
물갈퀴 손바닥엔 물 한 점 흔적 없다
비탈길 기어오르는
어슬어슬 저자세

맨손으로 일궈낸 감자밭 두 마지기
힐끔힐끔 엿보다가 야금야금 죄어오는
앞세운 두어 송이 꽃
걸음이 새빨갛다

디디는 손바닥은 주먹 쥐지 않는다
뿌리를 부풀리며 마디마디 전진일 뿐
어둠이 달을 삼킨다
땅 따먹기 좋은 날

−《동리목월》 가을호

괭이밥

제만자

열지 않는 문틈 사이 그냥 와서 피기까지

아무도 봄 변덕을 알아채지 못하고

자욱한 둑 넘어 얽힌 그 사연만 들춰왔다

바깥날 눈부신데 움츠리는 여린 것들

오래 묻은 약속이 지지 않고 또 번지는가

괭이밥 귓불 만지며 붉어진 뜰 쓸어본다

－《화중련》 하반기호

182

말

조동화

1
한 사흘 조선 솥에 밤낮으로 장작 지펴
뼈가 푹 무르도록 우려낸 사골 곰국
뚝배기, 썬 파를 곁들인 진하고도 보얀 말

2
암꽃 수꽃 못 만나 씨가 없는 청도 반시
거기다 인공을 더한 주황빛 감말랭이
쫀득한 고 단맛처럼 혀에 챙챙 감기는 말

3
멸치젓 찹쌀 풀에 고춧가루 듬뿍 넣고
갓 절인 보랏빛 갓 오지독에 잘 버무려
삼동을 삭혀야 제격인 쌉쌀하고 매콤한 말

–《시조21》 봄호

귀 닳은 유치원 사진을 꺼내 보다 문득

조민희

자작자작 봄밤 태우던
머나먼
게르 한 채

뒤란
상추밭에
가랑비 흩뿌리듯

촉촉이
젖어서 오는
으늑한 숲 그림자.

-《나래시조》 가을호

점등 무렵

조성문

매운바람 키를 높인 빌딩 벽 상가 골목
뒤태가 영 허전한 들먹이는 어깨 위로
속 훤히 들여다보이는
알전등 눈을 뜨네

보행기 밀고 가는 구붓이 흰 마른 등에
무어라 토닥거리듯 불빛 또한 따스하다
기우뚱 골판지 가득
발등 부은 저문 하루

하루치 모서리에 일구다 다친 마음밭
고개 숙인 외눈박이 불 만종처럼 퍼질까
막소금 눈 설치는 길
탁탁 튀는 곁불 쬐네

-《나래시조》 봄호

잠실철교 지나며

조안

뻐꾸기 울음 속에
풍경처럼 잠겼다가

서울로 와 전철에 간신히 끼어 탔다

물살에
떴다, 가라앉았다, 쓸려 가는 나뭇가지

-《애지》 겨울호

꽃 지는 봄날

조영일

슬픔은 사람에게만 있는 게 아니다

뜰에 지는 꽃잎 하나 무심, 바라보면

바람에 흔들리면서 까맣게 타고 있다

아프지 않은 상처 어디에 있겠는가

꽃 지고 난 세상 가볍지 않은 울림

잎 피고 꽃 지는 봄날 온몸에 새겨진다

-《시조시학》 가을호

우산

지성찬

햇빛이 좋은 날엔 외출 한 번 못 해보고

마음도 끈에 묶여 숨죽여 사는 나는

비바람 부는 날에나 가슴 한 번 열어본다

비에 젖어본 적 있으신가 모피족毛皮族이여

태풍에 뒤집혀서 나뒹군 적 있으신가

젖어서 사는 족속도 마를 때가 있더라

-《현대시학》 8월호

분수

진순분

흰모시 적삼에도
응결된 푸른 삶이
천 갈래 만 갈래
일시에 솟구치며
찬란한 그리움 되고
뼈아픈 기억 되다

더 기다릴 수 없는
목숨의 햇무리들로
빛의 돌파구를 향해
햇살로 부서지며
일제히 힘차게 꽂힌
함성,
함성,
큰 함성

–《스토리문학》봄호

거풍擧風

채천수

토요일 가을 길을
여백으로 걷는 일은
내 안에 중심과 그 주변을 바꾸는 일
햇살과 건들바람에
내 남루를 말리는 일.

서늘한 가르침이 조석으로 깊어오면
성큼 온 가을날의
여운이 밀물져 와
시간의 빈 껍질들을 죄다 훌훌 날리는 일.

－《유심》 10월호

190

맑은 적막

천성수

손자가 잠이 드니 한낮이 적막하다
창에 붙은 파리 한 놈 내 마음을 알았을까
조용히 빌고 빌다가 저도 그만 잠들었다

베란다에 내려앉은 햇살도 따라 졸고
시간도 가다 말고 발을 뻗고 꾸벅꾸벅
거실엔 어느 봄날이 오늘인 듯 어제인 듯

소파에 기대앉아 멀리 두고 보는 세상
바다 속 해초처럼 흔들흔들 잔잔하다
스르르 눈을 감으면 손자 곁에 닿을 듯

−《나래시조》여름호

노다지라예

최영효

지리산 아흔아홉 골 바람도 길 잃는 곳 싸리버섯 십 리 향에 목
젖 닳는 뻐꾸기 소리 햇귀도 노다지라예 덤으로만 팔지예

미리내 여울목에 외로움도 덤이라며 잠 못 든 냇물 소리 달빛 함
께 줄 고르면 가슴속 놓친 말들이 노다지 노다지라예

가랑잎 누운 자리 그리움 덧쌓일 때 여닫이 창을 열고 미닫이 마
음 열면 심심산 먹도라지 같은 우리 사랑 노다지라예

－《창작21》 여름호

192

환한 비린내

최오균

노들강 서덜길에 어둑새벽 들이마시는

통영 굴 서산 꽃게랑 주문진 산오징어

제 고향 환한 비린내 풀어놓기 한창이다

갓 잡혀 온 도다리 답답한지 뛰쳐나와

'아이고! 나 죽겠네' 팔딱팔딱 널뛰기할 때

강변을 에워싼 안개 엉거주춤 물러난다

인파人波에 아우성에 수라장 같아 보여도

삶의 열정, 희망으로 넘쳐나는 활력 충전소

열린다, 여기로부터 서울의 새 하루가

－《열린시학》 겨울호

활

추창호

표적이 된 하루를
가만히 벗어 든다

숭
숭
뚫린 구멍
그 낭자한 울음으로

내 또한
살의로 당긴 시위
경구인 양 새겨 있다

–《시조시학》 가을호

어머니 설법

하순희

내 몸에 상처 진 것들 뜨락에 꽃으로 핀다
발목 걸고넘어지던 무수한 일들도
생명을 실어 나르는 나뭇가지 물관이 되어

"한세상 살다 보믄 상처도 꽃인 기라
이 앙다물고 견뎌내믄 다 지나가는 기라
세상일 어려븐 것이 니 꽃피게 하는 기라

그라모 니도 모르게 다아 나사서
더께 져 아물어진 헌디가 보일 기다
마당가 매화꽃처럼 웃을 날이 있을 기다"

−《경남문학》 가을호

사랑 방식
－春蘭

한미자

언제나 살내음부터 보내더라 너는

꽃을 탐해야 하는
설레는 이 봄날에도

구렁이 언덕을 넘듯 꼭 그렇게 오더라

－《스토리문학》 봄호

설계

한분순

바람 자는 언덕배기에
두어 포기
길경桔梗꽃 심자

귀비貴妃는 못 되더라도
다투어
꽃숨도
잡히리니

어망魚網을 던져보면서
흐들진
찔레꽃 생각

－《시조시학》 여름호

우포

한분옥

달빛은 늪물 위에 홑이불을 다리는가

내도록 들끓다가 이제 막 잠든 우포

먼발치 잠의 윗목에 우연처럼 눕습니다

그리움은 또 그렇듯 번지는 생이가래

쇠물닭 논병아리 쉼 없이 헤적여도

가시연 가시연잎을 당겼다가 놓습니다

뉘라서 줄을 매어 마음 방죽 흔들 텐가

삭을 것 다 삭아서 고요 한 줄 무심 한 줄

줄이야 끊어질망정 농현弄絃으로 떨립니다

–《유심》 11월호

가야 할 길

함세린

무현금 우는 소리 꽃 피고 지는 소리

바람이 눕는 자리 구름이 머문 자리

무시로 들리고 보일 그 숲 속을 찾아서.

-《시조문학》봄호

푸른 역설

홍경희

사람이
사람에게
기대고 싶은 마음이

살살거리는 봄비 속에
왜 이리 쓸쓸하나요

손바닥
서글픔처럼
빗방울을 받네요

허방을 짚고 가는
기울기인가요
기대는,

모질게 외면해도
비비적비비적 마음 붙인

담쟁이 푸른 손들이
무심해요,
역설처럼

−《시조미학》 하반기호

슬픔이라는 명사

홍성란

어머니 인생이
지나가는 걸 보고 있었다

휠체어 밀려가듯 꼼짝없이 계절이 가듯

삶이란
떠나는 것인가 보고만 있었다

─《문학의오늘》 겨울호

빈자의 집

홍성운

겨울 농가는 아무리 봐도 정물이다

돌울타리 에두른 발간 함석지붕

그 위에 늙은 팽나무, 가지를 드리웠다

잎 다 떨군 나무가 빈자로 보이는지

빙점에서 적선하는 송악 덩굴 푸른 홑청

밥 짓는 저녁연기에 펄럭일 듯 지워질 듯

사람이든 사물이든 외로운 것 매한가지

이따금 까치가 먼 곳 소식 전할 때는

고맙다 고맙다 하며 생긋 눈인사한다

마음 비워 저리 편하면 나도 비우고 싶다

어둑어둑 구름 몇 장 실루엣을 남기고

빈자들 등을 다는가 별들 총총 나앉는다

-《시와시》 봄호

광릉요강꽃

홍수민

포클레인 그 발아래 뭉개진 흙더미 속
여린 목숨 부지했던 멸종 위기 1급 꽃
지린내 잔뜩 풍기는
그 이름도 요강꽃

화천 비수구미 응달진 산허리에
애지중지 숨겨놓고 혼자만 바라보는
한 사내, 지독한 짝사랑에
그녀를 키우고 있다

쥘부챗잎 활짝 펴면 시원한 바람 나오겠다
곧추세운 줄기 끝에 복주머니 매달고서
발그레 수줍은 처녀
꽃물이 번져간다

–《시조시학》봄호

꽃, 아다지오

홍오선

보챔도 서듦도 없이 달그림자 걸음으로

벙글 듯 눈썹이 젖는 꽃잎의 여린 어깨

첫사랑 내게 오듯이 그렇게 물이 드네

몰래 앓던 몸살처럼 저 붉은 꽃의 나이

밤새워 손잡아 줄 그리운 그 얼굴만

천천히 아주 느리게 기척으로 다녀가네

-《시조미학》 하반기호

준설

황영숙

천년 젖어온 땅 지키며 살던 곳
하늬바람 밀고 밀어 물살이 거칠더니
망루 끝 높이 올랐던 깃발이 꺾이었다

포클레인 삽날이 가슴을 도려내자
본포리* 칸나꽃은 만장처럼 펄럭였다
노을이 언뜻 기울고 먼 산이 또 울었다

모래섬에 새겨둔 사랑한다는 그 말
가라앉다간 솟구치고 솟구치다 가라앉고
둥지를 잃은 알들이 부표처럼 떠다녔다

−《불교문예》 가을호

* 경남 창원시 의창구 동읍 본포리와 창녕군 부곡면 학포리 사이에 낙동강이 흐른다.

감자

황외순

몸져누운 오랜 날들, 기척 한 번 없더니만

몇 달 만에 들른 며느리,
이내 가는 서운함

'내 아직
안 죽었어야!'

새파랗게 눈 흘긴다

−《나래시조》 가을호